길을 걷다가 넘어지면 사랑

길을 걷다가
넘어지면 사랑

초판 1쇄 발행 2024.07.17

지은이 섬머 (고아라)

편집 | 디자인 고애라

발행처 문장과장면들 （979-11） 966454

등록 2019년 02월 21일 （제25100-2019-000005호）

팩스 0504) 314-0120

이메일 sentenceandscenes@gmail.com

인스타그램 instagram.com/sentenceandscenes

세상에 작은 빛을 전하기 위해 책을 만듭니다.
문장과 장면들은 우리가 이야기하는 방식입니다.

길을 걷다가
넘어지면 사랑

썸머 | 짧은 소설집

문장
과
장면
들

내 사랑이 데굴데굴 굴러간다.

언젠가 우리가 만난다면

쿵 소리를 내고 부딪쳤으면 좋겠다.

"길을 걷다가 넘어지면 사랑,
마음이 한 쪽으로 쏠리거든요."

내가 실제로 어느 영화에서 했던 대사다. 대사가
아주 많은 영화였는데 감사하게도 감독님께서 내
게 직접 대사를 만들어볼 수 있는 기회를 주셨고
그때 떠올린 문장이었다.

"사랑이 뭘까"라는 물음에 대한 나의 대답이
었다. 나는 사랑에 대해 자주 생각하곤 한다. 진짜
사랑이 뭘까. 그에 대한 대답은 매번 조금씩 바뀌
지만 변하지 않는 한 가지 사실은 마음이 기운다
는 것이다. 좋아하는 것이 있는 방향으로 나도 모
르는 사이에 조금씩 기울다가 어느 날 쿵 하고 넘
어지는 순간들이 있다. 정신을 차려보면 어느새

좋아하는 일을 하고 있거나, 좋아하는 사람 앞에 도착해 있는 그 순간들이 나를 살아가게 한다.

여름과 소설을 사랑하던 내가 이렇게 여름 소설을 내게 된 것만 해도 아마도 세게 넘어진 듯하다. 여기 짧은 소설에 등장하는 인물들은 모두 평범하지만 어딘가 기운 마음의 방향을 안고 살아가는 사람들이다. 나는 기어코 그들을 넘어트리고 싶은 마음으로 글을 썼다. 여름이 오면 얼음이 녹듯 어딘가 꽁꽁 얼었던 마음이 녹아내리고, 단단히 붙잡았던 마음의 벽이 와르르 무너지기를 바란다. 그렇게 사랑하며 살아갈 수 있기를!

언제나 마음껏 넘어질 수 있도록 안전지대가 되어준 출판사 문장과장면들 대표님과 나와 함께 넘어질 용기로 이 페이지를 펼쳐준 독자님께 애정을 담아.

2024년 유월의 여름 속에서

고아라

차례

얼음이 녹으면

"되게 초록이네."

퉁명스럽게 말했지만 내심 한가득 초록빛을 내뿜는 창밖 풍경이 꽤나 마음에 들었다. 그런 연우의 마음이 들켰는지 은수는 아무 말 없이 연우가 앉은 조수석 창문을 내렸다. 그러자 한가득 초록빛을 내뿜던 풍경들이 차 안으로 쏟아지듯 밀려 들어왔다. 가득 풍기는 녹진한 숲 냄새, 따뜻한 햇빛 냄새에 한결 더 기분이 좋아진 연우는 가만히 눈을 감았다. 솔솔 불어오는 바람이 이마를 간지럽혔다. 두 사람은 여름 속으로 조금씩 더 깊이 빨려 들어가고 있었다.

올해 들어 가장 더운 기온이 예상된다는 예보에 힘이 탁하고 풀렸다. 은수와의 오랜만의 여행이기도 했고 최근에 촬영이 끝난 영화 로케이션의 절반 이상이 야외였기 때문에 간만에 여유롭게 푹 쉬고 싶었던 터라 연우는 이번만큼은 호캉스를 떠나고 싶었다. 시원한 에어컨 바람을 쐬며 푹

신한 침대에 누워 잠에 들고 싶은 마음도 있었지
만 시원한 에어컨 바람을 쐬며 푹신한 침대에 누
워 잠에 들고 싶은 마음도 있었지만, 무엇보다 은
수를 편하고 좋은 곳으로 데려가고 싶은 마음이
었다. 그러나 이번에도 연우가 졌다. 은수가 가고
싶다고 보내온 곳은 여행지라고 하기도 애매한
어느 작은 마을이었는데 호텔은커녕 숙소 하나 찾
기도 어려운 산골 동네였다. 얘는 어쩜 매번 구석
구석 미지의 마을을 잘 발견하는 걸까. 때때로 그
런 은수가 조금은 이해되지 않기도 했지만 연우는
이번에도 그녀를 따르기로 했다.

　"여기야, 드디어 도착했다. 연우야 어때?"
　장시간 운전에 지쳤을 법도 한데 잔뜩 상기된
목소리, 수줍은 듯 작게 모인 입모양, 이건 필히
은수가 기분 좋을 때 나오는 얼굴이다.
　"치, 그렇게 좋아?"

자신의 양보를 아는지 모르는지, 괜히 서운하기도 했지만 마음과는 달리 들뜬 은수가 연우의 눈에는 귀엽게만 보였다. 호텔로 갔다면 이 얼굴을 볼 수 없었다고 생각하니 이곳으로 오기를 잘했다는 생각이 들었다. 은수가 고른 숙소는 작은 마당과 마루가 있는 오래된 집이었다. 연우의 눈에는 특별할 것 없어 보이는 시골집이 그녀의 눈에는 특별한 무언가라도 보이는지 은수는 들뜬 모습으로 여기저기 둘러보며 다녔다. 덩달아 연우도 무언가를 발견할 수 있을까 싶어 곁을 따라 걸었다.

거실 겸 침실 같은 방 하나와 작은 손님방 하나, 그 옆에는 화장실이 있었는데 내부는 하나같이 단정하고 깔끔했다. 옛 아궁이가 그대로 남아 있는 부엌 안에는 혼자 타임머신을 타고 온 듯 새하얀 신식 냉장고가 놓여있었는데 이 엉뚱한 냉장고가 연우에게 괜히 위안이 되었다. 그래도 사람이 사는 곳이구나.

"열어봐!"

언제 옆에 왔는지 잔뜩 기대하는 눈빛으로 은수가 재촉했다. 별생각 없이 열어본 냉장고 안에는 동그란 수박이 반쪽 얼굴을 한 채 얌전히 놓여 있었다.

"진짜 수박이네! 주인분께서 수박 좋아하냐고 나눠먹자고 하셨거든."

예상치 못한 수박의 등장에 멍한 표정의 연우를 비집고 들어가 은수가 씩씩하게 수박을 꺼냈다.

"너 수박 좋아하잖아."

"…되게 빨갛다."

내뱉어 놓고도 바보 같은 말이라고 생각했지만 정말 되게 빨간 수박이었다. 뜨거운 여름 햇살에 아주 달게 익은 수박이 냉장고 속에서 냉기를 제대로 받았는지 아주 차가워 보였다. 열탕과 냉탕을 오고 간 듯 빨간 얼굴의 수박을 얼른 한입 베어 물고 싶은 마음이 굴뚝같았다.

수박은 아주 달고 시원했다. 멍했던 정신이 확 돌아오는 느낌이 들었다. 눈앞의 풍경은 초록이 무성하고 손에 쥔 수박은 새빨갛고, 마치 눈앞의 세상이 선명해지는 기분이었다. 오물오물 입안에서 수박씨를 발라내는 은수도 오늘따라 유독 선명하게 보였다. 휴지를 깔고 수박씨를 골라내어 모으는 은수를 보며 새삼 참 신기하단 생각이 들었다. 한번 입에 들어온 건 꼭꼭 씹어 삼켜내고 마는 자신과는 다른 은수가 연우는 늘 궁금했다. 그래서 그녀를 따라 이곳까지 오게 된 걸지도 모른다.

영화 모임에서 처음 만난 은수는 시나리오를 쓰고 있다고 했다. '여름'에 대한 이야기를 쓰고 있다던 은수는 목도리를 칭칭 감고 있었기에 연우에게는 아주 먼 이야기처럼 느껴졌다. 그러던 어느 날 영화 모임이 끝나고 우연히 정류장까지 함께 걷게 되었고 둘은 꽤 많은 이야기를 나누게 되었다. 시시콜콜한 이야기들 뿐이었지만 30분 남짓한 그 시간을 위해 모임으로 향하는 날들이 늘어가게 되었고 5대의 버스를 보내고 마지막 버스를 타고 떠나는 은수의 뒷모습을 보며 그녀와 더 오래 시간을 보내고 싶다는 생각을 하게 되었다.

다음 모임이 끝나고 둘은 평소와 같이 함께 걸었지만 연우의 마음은 조금 달랐다. 괜히 조급해지는 마음에 이것저것 묻기 시작했다.

"…전에 여름에 대한 이야기를 쓰고 싶다고 했잖아."

은수는 예상치 못한 질문에 연우를 획 하고 올려다보고는 말없이 끄덕였다.

"제일 좋아하는 계절이 여름이야?"

"응, 난 여름이 좋아."

아직은 쌀쌀한 날씨였지만 짧은 순간 은수의 얼굴
에 여름이 스쳐 지나가는 걸 연우는 느꼈다.

"여름이 왜 좋아?"

가늘게 다문 입속으로 신중히 답을 고르는 게
느껴졌다.

"음… 차가운 물을 마실 수 있어서."

수많은 이유들 중 고심해서 고른 대답일 텐데
연우는 도무지 무슨 말인지 알 수가 없었다. 미궁
에 빠진 연우에게 비밀스러운 해답이라도 건네듯
은근한 목소리로 은수가 대답을 이었다.

"여름이 오면 뜨거운 햇빛에 얼음이 녹잖아.
그럼 차가운 물을 마실 수 있어."

여전히 이해가 되지 않았지만 연우는 그 순간
은수와 함께 여름을 보내고 싶다고 생각했다.

해가 긴 여름의 절정 7월인데도 시골이라 그런지 6시 반만 돼도 불그스름한 노을이 지더니 얼마 안 가 하늘엔 푸른빛이 맴돌기 시작했다. 연우는 미리 장을 봐온 재료들로 서둘러 저녁을 만들기 시작했다. 얼마 전 영화 현장에서 스텝들끼리 만들어 먹었던 해물파전과 비빔면을 꼭 은수에게 해주리라 마음먹었다. 지글지글, 프라이팬에서는 식용유가 반죽을 기다리며 소리를 냈고 마당에서는 하나둘 풀벌레가 울기 시작했다. 마루에서 잠에 든 은수가 깨지 않도록, 달궈진 프라이팬 위로 조심스레 반죽을 얇게 펴올렸다. 노릇노릇하게 구워질 때까지 기다리는 동안 연우는 잠시 밖으로 나왔다. 마루에 놓인 유리잔을 치우다 말고 잔에 남은 작은 얼음과 물을 삼켰다. 뜨거웠던 부엌의 열기가 가시고 몸 안으로 차가운 기운이 퍼지는 게 느껴졌다. 어쩌면 이제야 조금 은수를 알 것도 같다는 생각을 했다. 잠에 든 얼굴을 가만히 바라

보며 연우는 이제 자신도 여름을 사랑하게 될 것
같다고, 속으로 고백했다.

정아

아직 세 정거장이나 남았지만 금방이라도 내릴 것처럼 정아는 준비 태세를 하고 있었다. 도착지에 가까워질수록 괜히 마음이 불안했다. 좋은 기회가 생기거나 기대하던 일에 가까워질수록 즐거움과 설렘보다는 왠지 모를 불안감과 두려움이 불쑥 먼저 고개를 내밀었다. 어디서부터 온 두려움일까, 정아는 두 눈을 감고 서둘러 목적지에 닿기만을 기다렸다.

[지금 터미널 역에 도착했습니다! 제작팀에서 픽업 연락이 아직 없어서 연락드려요!]
[조금만 기다려주세요. 지금 출발한다고 합니다.]
[네. 감사합니다!]

잠깐의 여유가 생긴 정아는 터미널 내 화장실에 들러서 거울을 봤다. 화장도 제대로 하지 않은 밋밋한 얼굴엔 긴장감까지 서려있어 자신의 얼굴임에도 낯선 사람처럼 느껴졌다. 웃자, 웃어! 정아는 거울 속 자신에게 활짝 웃어 보였다. 그러자 낯선 얼굴은 금세 익숙한 얼굴로 돌아왔다. 할 수 있다 김정아.

터미널 앞에 도착했다는 제작팀의 연락을 받고 정아는 밖으로 나왔다. 입구에 세워진 검은색 스타렉스 앞을 기웃거리자 조수석 창문이 내려갔다.

"정아 씨? 예 맞아요. 타세요!"

차 안에는 촬영 소품인지, 개인 물품인지 알 수 없는 온갖 잡다한 물건들이 두서없이 쌓여 있었다. 그래도 조수석 만큼은 비어져 있는 덕에 다행이라고 생각하며 정아는 자리에 앉았다.

"지저분하죠. 죄송해요. 그래도 치운다고 치운 건데…"

말은 건네고 있지만 전혀 정아를 보고 있지 않

는 스태프의 얼굴에는 쌓인 촬영 회차만큼이나 피로가 쌓여 보였다. 장편영화의 막바지 촬영 현장에 왔으니 어찌 보면 예상된 분위기였다.

"아니에요. 괜찮습니다! 많이 피곤하시겠어요."

"…아, 저희가 이틀 연속 밤샘 촬영하고 이제 실내 세트장 촬영만 조금 남았거든요."

민망한 듯 웃으며 대답하는 그의 얼굴을 보니 긴장했던 정아의 마음이 조금은 놓였다. 하나의 작품을 위해 많은 사람들이 각자의 자리에서 최선을 다하고 있다는 사실을 알기에 정아 또한 오늘 자신에게 주어진 역할을 잘해내리라 마음먹었다.

처음 조연출에게 전화가 왔을 때 정아에게 주어진 역할은 영화의 엔딩에 나오는 작지만 의미 있는 역이라고 했다. 작품의 기회가 점점 줄어들고 있음을 스스로도 느끼고 있던 터라 크든 작든

모든 기회가 소중했다. 한 가지 걸리는 것이 있다면 촬영 이틀 앞두고 온 연락이었다. 머리카락을 현장에서 조금 잘라도 되겠냐는 조연출의 말에 정아는 선뜻 대답하지 못했다. 배우라면 작품을 위해 필요에 따라 머리카락을 짧게 자를 수도 있고 아예 밀어버릴 수도 있다고 생각해왔지만, 촬영 콘티도 전달받지 못한 상황에서 캐스팅 당시에만 해도 자르지 말고 유지해 달라고 했던 머리를, 이틀을 남겨두고 갑작스레 잘라도 되겠냐는 연락을 받으니 머릿속이 복잡했다. 다음 주엔 새로운 오디션도 잡혀 있었던 터라 정아는 고민 끝에 어려울 것 같다고 답했고, 조연출도 다시 확인해 보니 커트는 안 해도 괜찮을 것 같다는 말로 마무리를 지었었다. 그런데 막상 현장에 도착해 보니 그게 아니었는지 분장 차 안 분위기는 사뭇 달랐다. 정아의 인사보다도 먼저 그녀의 머리카락으로 모두의 시선이 향했다.

"아…생각보다 머리가 긴데…?"

"그러게요. 해연 씨는 어깨까지 안 닿았던 것 같은데."

정아가 앉아있는 의자를 둘러싸고 분장팀의 회의가 시작했다. 이리저리 살펴보다가 머리카락을 접어보기도 하고 뒤로 숨겨보기도 하며 애쓰는 모습에 정아는 본의 아니게 자신이 잘못한 기분이 들어 마음이 불편했다. 거울 앞에 펼쳐진 콘티에는 오늘 촬영할 분량이 그려져 있었다.

콘티 속 정아는 다음 장면에서 주연배우 해연으로 변해 있었다. 영화 속 남녀 주인공의 사랑을 이어주기 위한 하나의 해프닝 같은 존재랄까. 조연출의 말대로 작지만 중요한 역할이긴 했다. 두 사람이 서로의 마음을 확인하는 순간 속에 존재하니 의미가 있다고 생각했다. 정아가 갑자기 다음 장면에서 해연으로 바뀌어도 이상하지 않도록 둘의 머리카락 길이가 비슷해야 했다. 처음부터 알았다면 어땠을까. 그래도 머리카락은 자르지 않았을 거라고 정아는 생각했다.

머리카락 끝을 안쪽으로 말아 넣으니 제법 비슷한 길이로 연출되어 모두가 한시름을 놓았다. 헤어 준비가 끝난 뒤 메이크업 실장은 콘티를 한번 쓱 확인하더니 굳이라는 표현을 썼다.

"얼굴 나오는 컷이 거의 없대. 굳이 안 해도 될 것 같아."

"에이, 여기 그림 콘티엔 얼굴이 나오는데?"

"아까 조연출한테 들어보니까, 풀샷으로 따고 돌아볼 때 해연 씨로 넘어간대."

정아는 문득 저들 눈엔 자신이 안 보이는 걸까 싶은 생각이 들었다. 일의 효율을 따질 수야 있겠지만 배우로서 배려 받지 못한다는 생각이 들자 속이 상하는 건 어쩔 도리가 없었다. 이럴 줄 알았으면 파우치라도 챙겨올걸. 거울 속 정아의 얼굴이 유독 더 흐릿하게 느껴졌다.

때마침 저녁식사를 알리는 스태프의 안내에 따라 정아는 분장 차에서 내릴 수 있었다. 넓은 공터로 나오니 그제야 숨이 좀 쉬어졌다. 시골이라 그런가 공기는 참 좋네. 정아는 어두운 마음을 떨쳐내기 위해 공터 주변을 걸으며 스스로를 환기시켰다. 세트장에서 나와 삼삼오오 밥차로 향하는 사람들이 보였다. 시끌벅적 웃고 떠들며 지나가는 사람들의 얼굴에서 생기가 느껴졌다. 그 모습을 보며 정아는 반가움과 동시에 외로움을 느꼈다. 다른 현장들에서는 동료 배우들이 함께 있어 외롭지 않았는데 이번 현장에는 주연 배우 둘과 정아, 이렇게 셋뿐이라 그런지 유독 외롭다는 생각이 들었다. 이럴 때일수록 허기가 지면 안된다. 함께 촬영했던 현장에서 만났던 한 선배는 현장에서 배고프면 그땐 진짜 외로워지는 거라며, 밥은 꼭 챙겨 먹어야 한다고 정아에게 늘 이야기하곤 했다. 진짜로 외로워지지 않기 위해 정아는 밥

차로 향했다. 제 몫의 양만큼 밥과 국, 반찬으로 식판을 채웠다. 입맛은 없었지만 정아는 밥을 꼭꼭 씹어 삼켰다. 체하지 않도록, 외롭지 않도록.

식사를 다 마치고 느린 걸음으로 넓은 공터를 다섯 바퀴나 돌았지만 아직도 촬영까지 1시간 반이나 남았다. 촬영장에서의 2시간 대기쯤이야 평소라면 끄떡없었지만, 마땅히 대기할 공간도 동료도 없는 이곳에서의 시간은 아주 느리게 흘렀다. 지나가는 스태프에게 대기할 곳이 있느냐고 물었지만 돌아오는 대답은 분장 차 또는 세트장 안 간이의자를 찾아보라는 말뿐이었다. 식사를 마치고 돌아온 분장 차 안에서는 주연배우와 스태프들이 친밀한 모습으로 대화를 나누고 있었고 촬영 중인 세트장 안으로 들어가자니 방해가 될 수도 있으니 차라리 공터가 낫겠다는 생각이 들었다. 정아는 자신의 발자국을 따라 다시 걸었다.

한 50분쯤 흘렀을까. 저 멀리서 누군가 정아를 불렀다. 이제 곧 촬영이 시작되니 의상 확인을 받으라고 말이었다. 분장 차 안에 들어가니 의상팀 실장이 의상을 정리하고 있었다.

"안녕하세요, 저 의상 확인받으라고 해서요."

"아… 아직이요. 아직 해연 씨가 와야 정할 수 있어요. 해연 씨한테 어울리는 옷으로 입으실 거라서요."

실장의 말을 끝으로 다시 보니 의상들은 각각 두 벌씩 준비되어 있었다. 곧이어 촬영을 마친 해연이 분장 차로 돌아왔다. 혜연은 평소 방송에서의 이미지와 같이 밝고 귀여운 미소로 정아에게 인사를 건넸다. 해연이 몇 번의 의상을 피팅을 마친 후에야 정아도 같은 옷으로 갈아입고 나올 수 있었다. 중단발 머리에 짧은 연두색 원피스에 흰색 카디건, 남색 샌들. 쌍둥이처럼 머리부터 발끝까지 해연과 똑같은 차림으로 정아는 세트장으로 이동했다. 기분이 이상했다. 분명 단역으로 왔지만, 자신이 마치 해연의 대역처럼 느껴졌다.

현장에 도착하니 세트장은 모든 준비를 마친 상태였다. 감독의 짧은 설명을 끝으로 곧바로 촬영이 시작되었다. 카메라 앞에 선 정아의 얼굴은 여전히 화장기 없이 수수했다. 자신의 얼굴이 카메라에 나오든 안 나오든 최선을 다해 연기하기로 정아는 마음을 다잡았다.

"레디… 액션!"

감독의 신호가 떨어지자 정아는 자신의 앞에 있는 상대 배우를 온 마음을 다해 껴안았다. 그렇게 몇 번의 테이크가 진행되었다. 오케이 사인을 받은 후 정아는 카메라 뒤로 빠졌다. 그대로 해연이 들어가 정아가 있던 자리에 서자, 뒤에 있던 카메라가 해연의 얼굴을 담기 위해 앞으로 세팅을 바꾸기 시작했다. 한 발자국 떨어져 그 모습을 지켜보던 정아는 묘한 감정을 느꼈다. 잠시나마 혼자 짝사랑이라도 한 것처럼 이상한 서글픔 같은 게 정아의 마음속에서 피어올랐다. 그때 누군가 정아에게 대뜸 말을 걸어왔다.

"왜 여기 서있어요?"

몰래 딴짓이라도 하다가 들킨 사람처럼 정아는 화들짝 놀랐다. 돌아보니 40-50대쯤으로 보이는 한 남자가 정아를 멀뚱 쳐다보고 서있었다.

"아… 저 촬영하다가 잠시 대기하는 중이라서요."

"그걸 몰라서 묻나, 다리 아프게 왜 서있냐고요."

무뚝뚝한 말투였지만 분명 다정한 말이었다. 달리 무슨 말을 해야 할지 몰라 정아는 대답을 망설였다. 그러자 그는 정아를 모니터 앞에 놓여있는 의자로 데려갔다.

"자, 여기 앉아요. 언제 끝날지도 모르는데 언제까지 서있게."

"……."

"아, 이거 때문에? 이거 그냥 이렇게 하면 떼지는데? 자 이제 앉아요."

정아가 주저하자 그는 의자를 한번 보더니 의자에 뒤에 붙은 '배우 이해연'이라고 적혀있는 이름표를 거침없이 뜯어버렸다. 그러고는 지나가던 스태프를 불러 무릎 담요를 하나 가져오라고 했다. 정아가 조심스레 의자에 앉자 그 위로 무심하게 담요를 툭 덮고는 어디론가 사라졌다. 정아는 어안이 벙벙했다. 예상치 못한 누군가의 호의에 마치 다른 세상에 온 것처럼 낯설었다. 코 끝이 찡하게 올라왔다. 정아는 자신의 무릎 위에 덮인 담요를 부드럽게 쓸어내렸다.

'아, 따듯해….'

닭살이 돋았던 피부가 다시 차분히 가라앉는 걸 느꼈다. 짧은 치마를 입고 조용히 떨고 있던 자신을 발견해 준 누군가에게 지금이라도 고개를 돌려 고맙다고 인사를 전하고 싶은데 눈물이 나올 것만 같아 차마 용기가 나질 않았다. 그저 가만히 무릎 위에 덮인 담요를 바라보았다. 귀여운 주황색 고양이가 그려진 담요가 뿌옇게 흐릿해질 때까지 정아는 두 눈 가득 담았다. 언젠가 다시 외롭다고 느껴지는 순간이 올 때면 이 고양이를 떠올려야지. 절대 혼자가 아니라고, 그러니 속지 말라고.

수족냉증

"잡을래요? 제 손 겨울에는 인기 없는데 여름에는
인기 있어요."

　　희준은 수줍어하면서도 할 말은 다 하는 성격
이었다. 처음 그의 손을 잡았을 때의 느낌은 여전
히 내 안에 어떤 감각처럼 남아있다. 우리는 더위
를 잊은 것처럼 손을 잡고 걸었다. 차가웠던 그의
손이 나의 온기로 따뜻해질 때까지 우리는 계속
걸었다. 나는 말이 없는 편이었지만 희준의 이야
기를 듣는 걸 좋아했다. 그가 하는 이야기들은 주
로 그림에 관한 거였는데 그 무렵 희준은 새로운
전시를 준비하는 중이라 고민이 많아 보였다. 긴
산책을 하고 돌아가기 전 잠깐 앉은 편의점 의자
에서 우리는 많은 이야기들을 흘려보냈고 몇 이
야기들은 흘려보내지 못한 채 남겨두었다.
　　희준은 그림을 사랑했다. 그러면서도 가끔 사
랑하지 않은 체 했다. 그러나 그의 손톱에 낀 물감

과 지워지지 않는 티셔츠 위 얼룩을 볼 때마다 그가 얼마나 그림을 사랑하는지 알 수 있었다. 어느 날에는 그의 손을 맞잡던 내 손에서 그 사랑의 흔적을 발견하기도 했다. 검지와 중지 사이 세 번째 마디에 피어난 초록색 물감을 보며 나는 상상했다. 팔레트 위 물감들을 보며 고민하는 희준의 얼굴과 붓으로 초록색 물감을 떠 조심스럽게 캔버스에 위에 올리는 그의 뒷모습을.

그때 그 초록색으로 무얼 그렸냐고 물어보고 싶지만 이미 때는 지나가고 희준은 곁에 없다. 겨울이 오면 그의 차가운 손을 따뜻하게 잡아주고 싶었지만 우리에게 겨울은 없고 여름만이 남아서 여름이 시작되면 나는 괜히 손가락을 펼쳐본다.

데굴데굴

1

초록 잎이 무성한 가로수길 사이로 자전거를 타고 지나칠 때면 늘 기분이 좋았다. 게다가 오늘은 일요일, 더할 나위 없이 좋은 하루가 될 거라고 생각하며 나리는 힘차게 페달을 밟았다. 사거리 신호등 너머 익숙한 뒷모습이 보였다. 정훈이다. 그의 뒷모습을 보니 마음이 간질간질했다. 나리는 인사를 건네지 않고 정훈과 반대 방향으로 달렸다. 늦지 않게 그에게 마음을 전하기 위해 나리는 매주 일요일 오후 1시 40분 편의점으로 향한다.

오늘의 1+1 행사 상품은 복숭아 맛이 나는 이온음료였다. 나란히 놓여있는 음료 두 개를 챙겨 나와 자전거 페달을 다시 힘차게 밟았다. 앞으로 7분, 신호만 잘 받는다면 5분 안에 교회에 도착할 것이다. 찬양팀 연습이 끝나고 쉬는 시간에 맞춰 정훈의 드럼 옆에 음료수를 놓을 수 있다. 아무도 모르게.

　나리는 벌써 5개월째 정훈만을 위한 음료수를 챙겨오고 있다. 나름의 철칙이 있다면 반드시 그날 구입한 1+1 행사 상품이라는 것인데, 그 이유는 그날의 마음을 전하고 싶어서 이기도 하고 똑같은 음료수를 하나의 값에 함께 나눠 마신다는 게 어쩐지 '함께'라는 생각이 들어서였다. 물론 정훈은 꿈에도 생각하지 못할 것이다. 매주 누군가 자신만을 위해 음료수를 챙겨왔다는 사실을 모를 만큼 둔했다. 그 면이 나리에겐 오히려 다행이었다. 조용히 자신의 마음을 표현할 수 있으니 되려 마음이 편했다. 또 무엇보다 정훈은 존재감이 큰 사람이 아니어서, 다른 사람들이 그의 곁을 크게 신경쓰지 않는 덕에 나리는 자신만의 루틴을

계속 이어갈 수 있었다.

정훈이 나리의 눈에 띄게 된 건 5개월 전 드럼을 맡게 되면서부터다. 당시 드러머였던 지섭이 결혼을 하게 되면서 더 이상 청년부 예배를 드릴 수 없게 되자, 그다음 타자로 정훈이 드럼을 맡게 된 것이다. 정훈은 드럼 앞에서 완전히 다른 사람이 되었다. 병약미에 나른해 보이는 졸린 인상의 정훈은 오직 드럼 앞에서만 생기를 얻는 사람처럼 눈빛이 번쩍 또렷해졌고 누구보다 힘차 보였다. 쿵쿵 그의 베이스 드럼이 울리는 순간, 나리의 심장도 쿵쿵! 하고 두 번 울렸고 나리는 정훈을 짝사랑하게 됐다. 그런 그녀의 짝사랑은 예상치 못한 순간에 끝이 나고 말았다. 정훈에게 전했던 음료수가 민지의 손에 들려있는 것을 보았을 때보다, 정훈의 눈빛이 드럼이 아닌 민지의 앞에서 더욱 빛나는 것을 본 순간 나리는 깨닫게 되었다. 이 짝사랑을 끝내야 한다는 것을.

"신기하네, 정훈 오빠도 연애를 하는구나…."

"…그러게 왜 난 몰랐을까."

은주의 혼잣말에 나리가 답하듯 작게 읊조렸다.

"야 너 괜찮아?"

"응…, 난 괜찮아"

말은 그렇게 했지만 넋이 나간 표정이었다. 나리는 가방에 들어있던 음료수를 꺼내 마셨다.

"봐, 그놈의 1+1 이런 걸로는 아무것도 할 수가 없어."

은주는 늘 나리에게 말하곤 했다. 그런 걸로는 아무것도 할 수가 없다고, 그러니 더 적극적으로 표현해야 한다고 말이다. 은주가 그렇게 말할 때마다 나리는 오히려 마음이 편했다. 아무것도 할 수 없다니 다행이라고 생각했다. 정훈을 좋아하지만 그와 무언가를 해야겠다는 생각은 해본 적

은 없었다. 그저 다만 좋아하고 싶었다. 그걸로
충분하다고 생각했으니까.

돌이켜보면 나리는 누군가를 늘 좋아하고 있
었다. 초등학교 때는 또래보다 어른스럽게 말을
하는 반장을 좋아했고, 중학교 때는 말투는 싸가
지 없지만 겁이 많던 어떤 남자애를, 고등학생 때
는 인기가 있던 아이돌 멤버를 그리고 스무 살인
지금 정훈을 좋아했다. 그들과의 연애를 꿈꾼 적
이 단 한 번도 없다면 거짓말이겠지만 나리는 짝
사랑에서 더 나아가지 못했다. 언젠가 누군가 자
신을 향한 나리의 마음을 눈치채고 그녀에게 먼
저 용기를 내주었지만, 그 순간 느꼈던 알 수 없
는 울렁거림이 나리를 도망치게 했다. 남들은 사
랑을 할 때 마음이 두근거린다는데 나리는 속이
미식미식거렸다. 그 후로 그녀는 들키지 않을 만
큼만 사랑했다.

2

집에 돌아온 나리는 침대 아래에 놓인 박스 하나
를 꺼냈다. 박스 안에는 정훈과의 추억이 담긴 물
건들이 들어 있었다. 깨끗이 씻은 1+1 음료병들
과 부러진 드럼 스틱, 함께 찍은 단체사진 같은
것들이었다. 사진 속 정훈과 나리 사이의 가운데
부분이 접혀있어 마치 두 사람이 나란히 함께 서
있는 것처럼 보였다. 나리는 사진을 꺼내 접힌 부
분을 펼쳤다. 그러자 나리와 정훈 사이로 다른 사
람들의 모습이 보였다. 정훈의 바로 옆에는 다름
아닌 민지가 활짝 웃고 있었다.

"이때부터였나….."

나리는 내심 놀란 얼굴로 사진을 물끄러미 바
라보았다. 시선은 카메라를 보고 있지만 정훈을
향해 기운 나리의 모습과 활짝 웃고 있는 민지,

그리고 아무것도 모른다는 듯 나른한 눈빛의 정훈을 보며 잠시 고민하던 나리는 다시 사진을 접었다. 이번에는 민지와 정훈만을 남겨둔 채로.

가방에서 마지막 음료병을 꺼내 상자에 넣고 닫았다. 닫힌 상자 틈으로 삐져나온 드럼 스틱 끝을 나리가 만지작거렸다. 이제 다시는 열지 않을 거야. 마지막 인사를 하듯 지난 추억과 악수를 했다. 그러고는 침대 저 아래 미지의 세계로 깊이 밀어 넣었다. 털썩 침대에 몸을 누이자 힘이 쭈욱 빠져나가는 것처럼 온몸이 나른했다. 침대가 마치 자신을 흡수하는 것처럼 느껴졌다. 나리는 아주 오랜만에 단잠에 들었다.

몇 시간쯤 흘렀을까, '띠링~' 문자 알림 소리에 나리가 가늘게 눈을 떠 핸드폰을 확인했다.

[님들 잘 지냈나요. 이번 주 화요일 데굴데굴 정기모임 꼭 잊지 말고 나오세요!

* 추신 * 장기 결석하는 사람들, 결석 연속 5번 채우면 회비 3배인 거 잊지 않았겠지?(하하)]

래준에게 온 문자였다. 신입생 환영회 때 가입했던 연합 볼링 동아리 데굴데굴의 존재를 잠시 잊고 있던 나리는 아래의 추신 내용을 읽자마자 정신이 번쩍 들었다. 서둘러 캘린더를 열어 지난 결석을 세어보던 나리의 왼손에는 오직 새끼손가락만이 펼쳐있었다. 캘린더 어플을 켜고 새 일정을 등록했다.

이번 주 화요일 : 무슨 일이 있어도 데굴데굴!!

3

집에서 나올 땐, 분명 날씨가 좋았는데 지하철 출
구 계단으로 나오니 맑은 하늘에 소나기가 내리고
있었다. 나리만 빼고 모두 알고 있었다는 듯 가방
에서 우산을 꺼내기 시작했다. 평소라면 일기예
보를 챙겨보고 밖으로 나오는 편이었지만 나리는
아직 현실로 돌아오지 못하고 있었다. 우산을 사
러 편의점으로 뛰어갈까 아니면 어차피 젖을 거
볼링장으로 그냥 뛰어갈까 고민하는 사이 나리의
눈앞에 노란색 우산이 나타났다.

　"제가 우산이 두 개라서 괜찮으시면 이거 쓰
실래요?"

　자신도 모르게 나리는 덥석 우산을 잡았다.

그러자 우산을 건넨 남자는 다른 한 손에 있던 투명우산을 쓰고는 빗속으로 빠르게 사라졌다. 더 늦어졌다간 지각비까지 내게 생긴 나리는 망설일 겨를 없이 서둘러 우산을 펼쳐 밖으로 나갔다. 역에서 볼링장까지는 가까웠지만 소나기가 만든 웅덩이를 피해서 걷다 보니 결국 조금 늦었다. 그래도 오랜만에 데굴데굴 멤버들을 볼 생각을 하니 마음이 설레었다.

아파트 상가의 맨 위층에 있는 볼링장은 데굴데굴에게는 아지트와도 같은 곳이다. 내부는 낡았지만 볼링장 안에서는 언제나 활기가 느껴졌다. 볼링장에 들어서자 볼링공이 굴러가는 소리, 핀이 쓰러지는 소리와 사람들의 환호소리 같은 것들이 들려왔다. 나리를 발견한 래준이 박수를 치며 환영했다.

"역시… 장결자 관리엔 벌금만 한 것도 없지."

"오빠 잘 지내셨죠…?"

나리는 민망한 얼굴로 래준에게 인사를 했다. 래준의 말대로 벌금이 아니었다면 결석 5번을 채웠을지도 모른다. 그래도 오랜만에 볼링장에 오니 새롭게 환기되는 기분이 들어 오길 잘했다고 생각했다.

"자! 다들 모이세요. 오랜만에 보는 얼굴도 있고 새로운 얼굴도 있어서 같이 소개할까 합니다." 래준이 큰 목소리로 말하자 흩어져 있던 멤버들이 하나 둘 모였다.

"먼저 여기 우리의 나리가 드디어 다시 왔습니다. 남의 나리가 된 줄 알았는데 오늘 다시 왔으니 환영해 줍시다!"

래준의 말에 멤버들은 나리를 보며 반갑게 웃었다. 남의 나리가 될 뻔한 나리는 멤버들의 환영에 민망했지만 잊지 않고 자신을 챙겨주는 래준에게 고마웠다.

"그리고 데굴데굴에 뉴페이스가 왔습니다!"

누군가를 찾는 듯한 래준의 시선 끝에 볼링화를 고쳐 신고 걸어오는 한 남자가 보였다.

"여기 이 친구는 지수, 오늘부터 함께할 멤버에요. 신입 멤버지만 실력은 준 선수급이니까. 함께 하면서 배우는 게 있을 거예요!"

"안녕하세요. 지수라고 합니다. 성이 지, 이름이 수에요. 앞으로 잘 부탁드립니다!"

지수는 짧은 머리에 싹싹한 인상을 하고 있었다. 검은색 티셔츠에 청바지 차림, 조금 전 역 앞에서 자신에게 우산을 준 사람과 같은 모습이었다. 나리가 긴가민가 하는 사이 래준이 중대발표를 했다.

"지난 모임에서도 말했듯이 친선경기가 코앞으로 다가왔습니다. 그래서 오늘은 개인 연습보다도 중간 점검도 할 겸, 임의로 팀을 나눠 볼링

한 판을 쳐볼까 합니다. 그럼 준비해 주세요."

멤버들은 각자 자신의 공과 장비를 챙겨오기 시작했다. 나리는 당황한 표정으로 래준을 쳐다봤다.

"친선경기요? 저한테는 그런 말씀 없으셨잖아요…!"

"응. 그런 말은 안 했지."

억울한 표정의 나리와는 달리 래준은 태연한 표정이었다.

"아니, 오빠 저 알잖아요…."

"괜찮아, 괜찮아. 그냥 기본만 하면 돼~"

중간 점검을 위한 경기가 끝나고 점수판 위로 멤버들의 최종 점수가 떴다. 래준과 지수의 점수는 각각 184, 180, 다른 멤버들은 120, 104, 88, 그리고 나리의 점수는 52점이다.

"거봐요. 안된다니까요. 저는 그 기본이 안돼

요.”

오랜만에 친 볼링이기도 했지만 평소보다 더 집
중을 못 하기도 했다.

　“아니? 야 너도 할 수 있어.”

　나리의 점수에 살짝 당황하긴 했지만 애써 큰
목소리로 격려했다.

　“혹시 나리 볼링을 봐줄 수 있는 사람이 있나.
우리 모임 전에도 괜찮고, 아니면 시간을 맞춰서
잠깐씩 봐줘도 좋고.”

　아무도 선뜻 나서지 못하고 망설이는 잠깐의
정적이 나리에겐 곤욕이었다. 갑자기 나타나 팀에
폐를 끼치는 것 같아 마음이 불편했다.

　“저… 누굴 가르쳐 본 적은 없는데, 요즘 알바
그만두고 시간이 생겨서 제가 한번 해봐도 괜찮
을까요?”

이번에도 지수였다. 벌써 하루에 두 번, 지수는 나리를 구했다. 쏟아지는 빗속에서, 숨고 싶은 정적에서.

하나 둘 인사를 하고 볼링장을 떠나는 동안 나리는 우산꽂이에서 노란 우산을 꺼내들고 지수가 나오기를 기다렸다.

"저 우산 감사했어요… 그리고 볼링 연습도요."

"아, 아니야. 내가 가방에 우산이 있는 줄을 모르고 하나 더 챙겨왔더라고. 그거 쓰고 나중에 돌려줘. 그럼 목요일에 보자. 먼저 갈게!"

지수는 손에 쥔 우산을 흔들며 나리에게 인사를 하고 서둘러 뛰어갔다. 멀리 사라지는 지수의 뒷모습을 보며 나리도 우산을 펼쳤다.

4

은주가 시킨 치킨을 기다리는 동안 나리는 밥상
을 꺼내 폈다. 은주는 나리의 방 안 벽에 붙은 영
화 포스터와 엽서들을 구경하고 있었다. 늘 그 자
리에 변함없이 존재하고 있는 익숙한 풍경이었지
만 은주는 나리의 집에 놀러 올 때마다 매번 처음
본 것 같은 얼굴로 하나하나 찬찬히 뜯어보곤 했
다. 각자 다른 영화 속 장면과 그림, 사진엽서들
이었지만 신기하게도 하나같이 나리다웠다.

　　좋아하다 보면 닮아가는 걸까 아니면 자신과
닮은 걸 본능적으로 좋아하게 되는 걸까. 어떤 게
정답인지는 몰라도 어렸을 때부터 은주가 지켜본
나리는 자기가 무얼 좋아하는지 정확히 아는 사람
이었다. 나리의 그런 면이 참 좋았고 또 한편으로
는 부러웠다. 그래서 은주는 늘 나리의 사랑을 응

원했다.

"야 이 동그라미 뭐야? 너 설마 벌써 좋아하는 사람 생겼냐."

달력에 빨간색으로 동그랗게 체크된 날짜를 보고 은주가 장난을 쳤다.

"데굴데굴 볼링 친선경기 날. 너 그러는 거 아니다."

나리가 은주에게 눈을 흘겼다.

"쏘리~"

"맞다. 근데 너 오늘 학원 가는 날 아니었나."

"대학생도 여름방학인데, 재수생도 하루쯤은 쉬자~"

5

평일 오후의 볼링장은 평소보다 한산했다. 선풍기가 돌돌 소리를 내며 돌아가고 있었고 군데군데 비어있는 레인들이 있었다. 지수와 나리는 3번 레인에서 자리를 잡고 연습을 했다.

"볼링에서는 자세가 가장 기본적으로 중요하거든. 오늘은 볼링공을 굴리는 것보다 먼저 자세를 잡는 방법을 알려줄게."

지수는 생각보다 진지하게 준비를 해온 느낌이었다. 마치 실제로 손에 볼링공을 든 것처럼 시늉을 하더니 나리에게 설명하기 시작했다.

"자, 먼저 볼링공을 든 팔은 일직선을 유지해야 해. 시계 추처럼 자연스럽게 처음엔 뒤로 갔다가 앞으로 되돌아왔을 때 볼링공을 앞으로 굴려주는거야. 공이 무겁다 보니까, 팔이 구부러질 수 있거든. 그걸 조심해야 해! 잠깐만 방심하는 사이 공이 다른 방향으로 굴러가거든."

"시계 추.."

"나리도 한번 해볼래? 실제 볼링공을 잡았다고 생각하면서 팔만 앞뒤로 일직선이 되도록."

처음엔 어색했지만 지수의 리드에 따라 나리도 금세 몰입할 수 있었다. 빈손이었지만 볼링공을 움켜잡은 듯한 자세로 팔이 일직선이 되도록 뒤로 갔다가 앞으로 보냈다. 나리의 팔이 휘거나 구부러지려고 하면 지수가 고쳐 잡아주는 식으로 반복해서 자세를 잡아갔다. 어느 정도 나리의 자세가 익어가자 지수는 나리를 볼링공이 모여있는 선반 앞으로 데려갔다.

"이번엔 진짜 공을 잡고 해볼 건데 자기한테 맞는 무게의 공을 고르는 게 중요해. 너무 가볍거나 너무 무거우면 공을 내가 원하는 방향으로 보내기 어렵거든.”

지수의 말을 듣고 나리는 자신과 맞는 공은 어떤 걸까 생각했다. 알록달록한 볼링공들 사이에서 숫자 9가 새겨진 야광 핑크색 공을 찾아냈다. 여기저기 스크래치가 나있었지만 반질반질 윤이 나는 공이 나리는 마음에 들었다.

첫날 연습을 마무리 짓고 지수와 나리는 볼링장 의자에 나란히 앉아 생수를 마셨다. 무거운 볼링공을 들고 오랫동안 자세 연습해서 그런지 어깨에 힘이 빠진 느낌이 들었지만 기분은 개운했다.

“문창과?”
나리의 전공을 듣고 지수가 되물었다.
“네.”
“오~ 잘 어울린다.”

"그런가요?"

지수가 반색하며 반응했지만 오히려 나리는 자신 없는 얼굴이었다.

"응, 문창과라면 소설이랑 시 쓰는 곳인가? 사실 잘 몰라서"

"…네, 비평 수업도 하고 창작도 한다는데 사실 아직 1학년이고… 잘 모르겠어요."

지수가 의아한 표정으로 쳐다보자 나리는 말을 이어갔다.

"사실… 저는 만화를 전공하고 싶었거든요."

"근데?"

"제가 그림은 영 소질이 없어서.."

나리가 힘없는 목소리로 말했다.

"그게 어때서?"

"네?"

"그림 못 그려도 재밌으면 되는 거 아니야?

난 가끔 그림이 삐뚤빼뚤한 만화가 더 재밌던데."

그런 건 전혀 상관없다는 듯이 말하는 지수가 어딘가 든든하게 느껴졌다.

"정말요?"

"응, 정말. 나중에 너 만화 보여줘. 궁금하다."

"네!"

나리는 자신도 모르게 냉큼 대답을 해버렸다.

6

나리는 TV나 극장에서 방영되는 만화영화보다도
만화책을 더 좋아했다. 손으로 만져진다는 것과
자신의 속도에 맞춰 원하는 페이지만큼 읽을 수
있다는 게 좋았다. 나리의 방 한 켠에는 커다란
책장 가득 만화책이 꽂혀 있는데 은주는 그곳을
을 만화방이라고 불렀다. 은주는 나리만큼 만화
책을 좋아하진 않았지만, 아무 생각 없이 시간을
보내고 싶을 때면 종종 놀러 왔다. 만화책 특유의
석유 냄새가 섞인 종이 냄새를 맡고 있으면 은주
의 마음도 편안해졌다. 오늘은 무슨 책을 읽어볼
까. 무심하게 손가락 끝으로 책장을 쓸어내다가
『유다치』 15권을 꺼냈다. 책의 중간 페이지의 모
서리가 접혀있는 걸 본 은주는 지겹다는 표정으로
나리에게 말했다.

"하.. 너 설마 아직도 『유다치』 엔딩 안 읽었어?"

"응."

읽고 있던 만화책에 시선을 떼지 않은 채로 나리가 대답했다.

"아니, 이럴 거면 만화책은 왜 읽는데."

"왜 시비람?"

나리는 별 대수롭지 않게 받아쳤다.

"시비가 아니라.. 너가 엔딩을 모르면 내가 스포를 하고 싶어지잖아"

걱정 어린 눈빛에서 갑작스레 노선을 바꾼 은주가 나리를 도발했다, 그제야 나리는 만화책을 덮어두고 손으로 귀를 막으며 소리쳤다.

"야! 진짜 스포 하면 죽는다."

7

오후 2시의 여름은 정말 뜨겁다 못해 따가웠다.
매미가 찌르르 우는소리를 들으며 나리는 매미들
도 더워서 비명을 지르는 게 아닐까, 엉뚱한 생각
을 하며 햇빛을 피해 볼링장으로 걸었다.

"나리?"

"어? 안녕하세요."

뒤를 돌아보자 새하얀 셔츠를 입은 지수가 반
가운 얼굴로 서있었다.

"자세는 많이 연습했어? 이거 잊지 않았지?"

장난치듯 엉덩이를 뒤로 빼는 자세를 보여주
며 복습했는지 묻는 지수가 어느새 편해졌는지
나리도 웃으면서 엉덩이를 살짝 뒤로 빼는 흉내를

냈다.

연습이 끝난 두 사람은 볼링장 건물 밖으로 나
왔다. 늦은 오후임에도 여전히 해는 길었다. 유독
더워 보이던 지수는 가방에 있던 생수를 꺼내 마
셨다. 그 모습을 보며 나리는 괜히 미안한 마음이
들었다.

"저 때문에 고생이에요."

"응? 아니야. 나도 볼링 칠 수 있어서 좋아.
너도 물 마실래?"

개의치 않은 얼굴로 지수가 대답했다. 다 괜찮
다는 듯한 지수의 얼굴을 보면 나리의 마음이 편
해졌다.

"저는 괜찮아요!"

지수가 뚜껑을 잠그려다 말고 옆에 놓인 화단
에 조금씩 물을 붓기 시작했다.

"뭐 하는 거예요?"

"얘네도 목마를 것 같아서."

남은 물을 다 붓고 나서야 지수는 빈 페트병을 다시 가방에 넣었다. 나리는 그런 지수를 가만히 기다렸다가 다시 함께 따라 걸었다.

8

"어이!"

누군가 껄렁한 목소리로 놀이터를 지나는 나리의 걸음을 멈춰 세웠다.

"아 깜짝야! 뭐해. 여기서."

놀라 돌아보니 은주가 그네에 앉아 쭈쭈바를 먹고 있었다.

"보면 모르냐? 쭈쭈바 먹는다."

"혼자만 먹냐"

자연스럽게 은주의 옆 자리 그네에 나리가 앉았다.

"아까 그 사람 누구야?"

"누구?"

"왜 아까 역 앞에서 너랑 같이 있던 그, 건강해 보이는 사람."

"건강???"

은주의 말에 나리가 빵 터졌다.

"아! 너무 웃기다. 지수 오빠, 데굴데굴 멤버야. 내가 볼링 못 쳐서 경기 전까지 도와주고 있어!"

터져 나오는 웃음을 참지 못하고 겨우 말을 이어가는 나리를 보며 은주가 음흉한 표정으로 웃었다.

"왜 저래...."

싫은 표정으로 나리가 응수했다.

"잘해봐."

"그런 거 아니야."

나리가 단호하게 말했지만, 은주는 꺾이지 않았다.

"아니긴, 난 이미 봐버렸어. 너의 그 얼굴을."

9

지수와 함께 연습을 시작한 이후로 첫 데굴데굴 정기모임이라 그런지 나리는 조금 긴장이 됐다. 지수가 알려준 대로 천천히 심호흡을 내뱉고 스텝을 밟고 앞으로 나갔다. 팔이 시계 추라고 생각하며 천천히 앞으로 밀어 에임 스폿(공이 지나가도록 목표한 지점)을 향해 굴렸다. 나리의 공이 정면을 향해 굴러가더니 무려 8개의 핀을 쓰러트렸다. 달라진 나리를 보고 멤버들도 그리고 나리 자신도 놀랐다.

"와 진짜 많이 늘었다. 고생이 많았다…. 지수야!"

래준이 장난치듯 나리에게서 시선을 획 돌려 지수에게 박수를 쳤다.

"맞아요. 저 때문에 진짜 고생이 많았어요!"

래준이 말이 맞았기 때문에 그의 장난에도 전혀 기분이 나쁘지 않았다.

"나리가 진짜 차분히 잘 따라오더라고요. 습득력이 좋은 것 같아요."

지수는 나리를 향해 엄지를 올렸다. 나리도 수줍게 엄지를 올려 답했다.

"우리 이제 진짜 앞으로 경기 얼마 안 남았으니까 그때까지 잘 부탁하고! 우리도 이번엔 제발 이겨보자!"

래준의 말에 멤버들의 눈이 반짝하고 빛났다. 나리도 함께 다시 한번 결의를 다잡았다. 평소보다 더 열띤 분위기 속에서 연습이 끝났다.

"지수! 난 너가 가르치는 것도 소질 있는 줄은 몰랐네."

희연이었다. 나리보다 두 학년 선배로 지수와는 동갑이라는 건 알았지만 평소에도 서로 알고 지낸 사이였는지 지수를 대하는 희연의 모습이 편해 보였다.

"에이 아니야~"

"아니긴 나리 보니까 완전 많이 늘었던데, 혹시 시간 괜찮으면 나도 좀 봐줄 수 있어? 경기 앞두고 점수 기복이 갑자기 심해져서."

희연은 잘하는 멤버였지만 점수 기복이 좀 있는 편이었다. 나리도 그 사실을 알고는 있었지만 지수에게 도움을 요청하는 건 의외였다.

"그래, 뭐 시간대만 맞으면 괜찮을 것 같은데?"

지수의 대답을 끝으로 나리는 먼저 조용히 밖으로 나왔다.

'지수 오빠는 뭐든 괜찮은 사람인 걸까.'

노르스름한 햇살이 나리의 얼굴 위로 쏟아졌다.
빛이 만들어낸 나무 그림자를 따라 걷다가 나리
는 화단 앞에서 걸음을 멈췄다. 그러고는 가방에
서 생수를 꺼내 지수가 그랬던 것처럼 화단에 물
을 주고 다시 그늘을 따라 햇빛과 숨바꼭질하며
걸었다.

10

다음 날 볼링장에 도착하니 지수가 먼저 와있었다. 반가운 마음에 나리는 서둘러 볼링화로 갈아신고 지수가 있는 레인으로 향했다.

"오늘 일찍 와있었네요!"

"응, 너 오기 전에 희연이 연습 잠깐 도와줬거든."

"아… 저 볼링공 가져올게요."

나리는 집중을 못 하고 있었다. 잘 굴러가는 듯하다가도 자꾸만 나리의 공이 도랑으로 빠졌다. 반복되자 나리는 힘이 빠졌다. 공이 핀에 닿을 때까지 끝까지 쳐다보지 못하고 습관적으로 고개를 돌렸다. 지수는 그런 나리의 모습을 지켜보다가 오늘은 일찍 연습을 마치기로 했다.

뜨거웠던 여름낮의 온도가 한풀 꺾인 초저녁 날씨는 제법 시원했다. 불어오는 바람을 맞으며 두 사람은 말없이 걸었다. 먼저 침묵을 깬 건 지수였다.

"나도 처음엔 끝까지 보는 게 힘들었어."

나리가 고개를 들어 지수를 쳐다봤다.

"볼링 핀이 몇 개나 쓰러질지. 아니면 또 도랑으로 빠질지."

나리는 처음 보는 낯선 표정의 지수가 말을 이어갔다.

"근데 그래도 끝까지 내가 던진 공이 어디로 가는지, 어떻게 핀을 쓰러트리는지 계속 지켜봐야 해. 그래야 다음엔 제대로 던질 수 있잖아."

차분하지만 단호한 말투였다. 나리는 그 순간 지수가 단단하다고 느껴졌다. 묵직하고 단단한 볼링공처럼 스크래치가 군데군데 나있지만 반질반질 윤이 나는 그런 사람 같다는 생각을 했다.

11

집으로 돌아오는 내내 나리는 지수를 생각했다. 가방 안에 넣어두었던 볼링장갑을 그대로 집으로 가져오고 싶진 않았는데 결국 다시 책상 위로 꺼냈다. 그동안 고마웠다고 가벼운 마음으로 준비했던 선물이었는데 전하지도 못하고 다시 집으로 가져오고 나니 무겁게만 느껴졌다. 오늘은 아무 생각 없이 잠들고 싶은 마음이 굴뚝같았지만 벌써 도착한 은주가 노크를 했다. 6월 모의고사라는 거사를 치르고 온 재수생에게 문전 박대를 할 수 없는 노릇이라 저항 없이 문을 열었다. 별 대화도 없이 침대에 발랑 누워서 벽에 다리를 기댄 채로 둘은 각자 만화책을 봤다.

"엔딩 맘에 든다."

『유다치』 15권을 읽고 있던 은주가 마지막 페이지를 덮으며 말했다.

"그래?"

나리가 관심 있는 말투로 답했다.

"너도 한번 읽어봐. 이제 엔딩 읽을 때 됐어."

"아냐, 난 괜찮아."

나리는 읽고 있던 만화책으로 다시 시선을 돌렸다.

"너가 제일 좋아하는 만화라며 엔딩도 다 안 읽었으면서 제일 좋아한다고 할 수 있어?"

이번엔 은주도 물러서지 않겠다는 듯이 쿡 찌르듯 말했다.

"…안 읽어도 상상해 볼 순 있어."

나리는 작은 목소리로 나직이 대답했다.

"그래, 상상. 그건 상상이잖아. 끝까지 가보지 않으면 결국 모르는 거야."

나리는 지수의 얼굴이 떠올랐다. 은주와 지수

의 입에서 나온 '끝까지'라는 그 말에 나리는 쿡
하고 찔렸다.

12

대망의 데굴데굴 친선경기 날, 아침부터 나리는 마음이 분주했다. 편한 바지와 티셔츠를 입고 은주가 잘하고 오라며 선물해 준 기능성 볼링 양말을 신었다. 발목까지 오는 하얀 양말이었는데 발등은 구멍이 송송 나있는 매시소재로 되어 있었다. 내 인생에 볼링 양말이라니, 정식 볼링대회에 참가하는 것도 아닌데 오버하는 게 아닌가 싶었지만 은주의 정성을 생각해 벗지 않기로 했다. 거울 앞에 서서 짧은 머리카락을 정성스럽게 하나로 모아 묶었다. 책상 위에 며칠째 그대로 놓여있던 볼링 장갑을 다시 가방에 챙겨 밖을 나섰다.

13

확실히 경기가 있는 날이라 그런지 익숙한 볼링장인데도 낯설게 느껴졌다. 친선경기를 하기 위해 원정을 온 상대팀과 데굴데굴 팀원들은 각자 몸을 풀며 준비를 하고 있었다. 그들 틈에서 지수가 보였다. 나리를 발견한 지수가 먼저 반갑게 손을 흔들었다. 나리도 반갑게 인사를 하려다 멈칫, 장갑을 끼고 있는 지수의 손에 시선이 멈췄다. 이번에도 늦은걸까. 나리는 자신의 가방 속에서 얌전히 주인을 기다리고 있는 장갑에게 미안함을 느꼈다.

얼마 안 가 경기가 시작됐다. 나리가 팀에 들어오기 전, 한번 패했던 이력이 있는 상대라 그런지 반드시 이번엔 이기고야 말겠다는 래준의 의욕이 상당했다. 이번에도 지게 된다면 왠지 큰일이

날 것 같은 분위기 속에서 나리는 정신을 집중했다.

다행히도 초반 점수를 앞서고 있어 기세가 이미 데굴데굴로 넘어온 분위기였다. 나리도 곧잘 자신의 몫을 해내고 있었고, 지수와 래준이 연속해서 스트라이크를 쳐주는 덕에 이대로 라면 끄떡없어 보였다. 상대팀은 이쯤에서 누군가 실수를 해주길 바라는 눈치였다.

"오! 저 형 경기라고 장갑까지 끼고 왔네."

멤버 영준이 지수의 손에 낀 장갑을 보더니 말했다.

"저거? 내가 선물한 거야. 지수가 내 연습도 봐줬거든."

옆에서 듣던 희연이 끼어들며 말했다.

"누나 뭐예요. 나도 잘 가르치는데~ 내 건 없어요?"

영준의 말에 희연이 못 들은 척 장난을 쳤다. 그 모습을 지켜보며 모두가 웃었지만 나리만큼은 웃을 수가 없었다. 갑자기 쿡쿡, 누군가 찌르는 것처럼 가슴이 아팠다.

"나리야, 이번에 너 차례."

래준의 말에 나리는 레인 앞으로 나갔다. 여전히 가슴이 찌르르했지만, 다시 집중하기 위해 호흡을 가다듬었다.

'할 수 있다. 정확한 스폿을 보고 공을 굴리는 거야. 하나, 둘-'

-셋 할 때, 굴리려던 나리의 공이 손에서 미끄러져 그대로 레인 위로 떨어졌다. 예상치 못한 방향으로 굴러가는 공을 차마 끝까지 보지 못하고 나리는 그대로 뒤돌아 버렸다.

14

경기가 끝난 볼링장은 평소보다 더 차분했다. 애초에 시끌벅적했던 적이 없었던 것처럼 시치미를 뚝 뗀 듯 고요했다. 오직 창밖에 내리는 빗소리만이 잔잔히 들려왔다. 경기가 끝나고 다른 사람들은 모두 돌아가고 지수와 나리가 남아 뒷정리를 하고 있었다. 사용했던 볼링공들은 다시 제자리로 옮기고 떨어져 있던 분진가루는 물티슈로 닦아냈다.

"아~ 이제 진짜 끝이네."

뒷정리까지 끝이 나자 지수가 시원섭섭한 말투로 말했다.

"그러게요."

"나리야 그동안 연습 하느라 진짜 고생 많았다."

"오빠야말로 고생 많았죠.."

지수에게 대답은 하고 있지만 나리는 좀처럼 지수를 보지 못했다.

"아니야! 난 정말 재미있었어. 너랑 볼링도 치고… 대화도 하고!"

지수가 밝은 목소리로 말을 건넸지만 나리는 아무런 대답이 없었다. 그런 나리를 보며 지수는 괜히 서운한 마음이 들었다.

"…그럼 이제 갈까?"

지수는 테이블 위에 놓여있던 장갑과 핸드폰을 챙겨 가방에 넣었다. 나리는 여전히 아무런 말 없이 그 자리에 그대로 서있었다. 그 모습에 걱정이 된 지수가 한발 다가가자 나리가 작은 목소리로 말하기 시작했다.

"그랬잖아요. 공을 던지고 나면 그대로 끝난

게 아니라 공이 어디로 가는지 끝까지 봐야 한다고."

갑작스럽게 시작된 나리의 이야기에 지수는 놀랐지만 가만히 그다음 말을 기다렸다.

"저는 늘 제대로… 바라보지 못했던… 것 같아요. 근데 이제는… 끝까지… 끝까지 가보려고요."

호흡이 벅찬듯 나리가 드문 드문 끊어진 단어들을 내뱉으며 천천히 자신의 진심을 전했다. 그리고 마지막 호흡을 토해내듯 뱉었다.

"좋아합니다."

미식미식 울렁거렸던 나리의 속이 서서히 가라앉는 걸 느꼈다. 그녀는 천천히 고개를 들어 지수의 얼굴을 마주 봤다. 그의 얼굴에서 당혹스러

움이 고스란히 느껴졌다. 나리 스스로도 예상하지 못했던 고백이었지만 지수 역시 예상하지 못한 상황이었으므로 어떤 말로 하지 못한 채 그대로 서있었다. 나리는 그 순간 또다시 도망치고 싶은 마음이 들었다.

　　가방에 미리 챙겨 넣었던 지수의 노란 우산을 꺼내 놓고 뒤돌아섰다. 그 순간 나리의 눈에 야광 핑크색 볼링공이 들어왔다. 나리는 그대로 성큼성큼 선반으로 다가가 공을 꺼내 들었다. 그러고는 지수가 서있는 레인 앞 가운데에 섰다. 천천히 호흡을 가다듬고 지수에게서 배운 자세 그대로 스텝을 밟으며 앞으로 나아갔다. 볼링공과 팔이 일직선이 되게 스윙을 주고 가운데로 힘차게 굴렸다. 데굴데굴, 그녀의 공이 굴러가기 시작했다. 이번만큼은 끝까지 지켜보고 싶었지만 나리는 결국 공이 핀에 닿기도 전에 뒤돌아 그대로 볼링장을 빠져나왔다.

잠깐 쏟아지는 소나기인지, 장마의 시작인지 알수 없는 빗속으로 나리가 우산 없이 걸어 들어갔다. 그 모습을 창밖 너머 지켜보던 지수는 나리의머리 위로 손을 펼쳐 우산을 만들었다.

그 순간 나리는 걸음을 멈추고 고개를 들어 볼링장을 올려다봤다. 그 모습에 깜짝 놀란 지수는 그대로 바닥에 주저 앉았다. 금방이라도 심장이 튀어나올 듯 세게 요동쳤다. 지수의 눈앞에는 볼링핀들이 와르르 쓰러져 있었다. 나리의 첫 스트라이크였다.

양호실

그날도 1분단 맨 뒤 창가 자리였던 영주의 자리에 영주는 없고 열린 창문 틈 사이로 들어온 바람만이 살랑살랑 커튼을 간지럽히고 있었다. 평소라면 영주의 앞머리가 흔들흔들 바람에 흩날렸을 텐데 그녀는 감쪽같이 사라졌다. 친한 사이는 아니었지만 내심 윤아는 영주를 궁금해하고 있었다. 영주는 있는 듯 없는 듯 늘 창가 자리에 조용히 앉아 책을 읽고는 했는데 어느 날인가 영주의 손에는 『낮달의 시간』라는 책이 들려있었다. 그 책은 윤아의 인생 책이었다. 자신이 재밌게 읽었던 책을 읽고 있는 영주의 모습에 윤아의 콧구멍이 벌렁거렸다. 2주 뒤에 떠나는 수학여행 버스 옆자리로 영주가 딱일지도 모른다고 생각했다. 그러려면 시간이 없다. 영주의 버스 옆자리에 앉기 위해선 윤아는 영주와 서둘러 친해져야 했다.

버스 뒷자리에 앉아 시끌벅적하게 친구들과 게임도 해보고 우르르 그룹을 지어 다녀보기도 했지만 사실 그건 윤아의 선택은 아니었다. 어쩌다 보니 자연스레 무리가 형성되었고 그 안에서 나름 안전한 학교생활을 보냈지만 중학교 졸업 후에는 자연스레 흩어지게 되었다. 무리 중 윤아 혼자서 뚝 떨어진 여고에 입학하게 된 탓도 있겠지만 아는 얼굴이 별로 없는 이 낯선 학교가 오히려 편했다. 여기서라면 내가 원하는 대로 다닐 수 있지 않을까 하는 기대도 있었다. 그런 윤아의 눈에 영주에 들어온 것이다. 그런데 지금 영주는 자리에 없다. 1교시가 끝날 때까지 기다리지 못하고 윤아는 옆자리 지선에게 영주의 행방을 물었다.

"너 혹시 영주 어디 갔는지 알아?"

"영주? 그러네. 아까 아침까진 있었는데."

지선은 영주가 없어진 것도 모르는 눈치였다. 아침에는 있었다고 하니 잠깐 화장실을 간 건가 하고 윤아는 생각했다. 그러나 쉬는 시간이 끝날 때까지도 나타나지 않자 윤아는 슬슬 걱정이 됐다. 반장에게 물어보니 반장은 아마 양호실에 갔을 거라고 했다.

'양호실? 어디 아픈가…?'

윤아의 걱정과는 달리 자리로 돌아온 영주는 평소와 같은 모습이었다. 창가 자리에 앉아 다시 책을 읽고 있는 영주를 보며 괜히 마음이 놓였다. 그날 이후로도 영주는 종종 양호실로 사라졌다.

그룹 활동이 있는 수업 시간에 같이 이야기를 해볼까 했는데 영주는 또 양호실로 가고 없단다. 영주와 같이 대화를 해본 거라고는 고작 아이들 틈에 섞여 물어본 mbti와 좋아하는 연예인이 다였다. mbti는 기억이 나질 않는다고 했고 좋아하는 연예인은 일본의 어느 배우였는데 이번에는 윤아가 기억이 나질 않았다. 영주가 양호실 단골이 되는 사이, 윤아는 어느새 다른 아이들과 꽤 가까워졌고 슬슬 또 무리가 형성되는 듯했다. 그냥 영주한테 가서 어디가 아프냐고, 왜 이렇게 자주 양호실에 간 건지 물어보고 싶기도 했지만 혹시나 정말 어디가 아픈 거면 어쩌나 하고 윤아는 망설였다.

그러던 어느 날 윤아는 체육시간에 미니 골대를 옮기다가 서두르는 바람에 발이 걸려 넘어졌고 그 기회로 드디어 양호실에 갈 수 있게 되었다. 발목이 살짝 부었지만 그보다도 양호실이 궁금했다. 도대체 거기서 뭘 하는 건지, 진짜 어디가 아픈 건지 윤아는 알고 싶었다. 똑똑, 노크를 하고 조심스레 양호실의 문을 열었다.

"어~ 누구니?"

30대 초반쯤으로 보이는 양호선생님의 목소리는 인상만큼이나 차분하고 따듯했다. 새하얀 양호실 안에는 다양한 크기의 화분들이 놓여있었는데, 하나같이 단단하고 건강해 보였다. 양호선생님의 뒤로는 커다란 창이 있었는데 그 창을 통해 양호실 안으로 햇살이 한가득 쏟아졌다. 화분도 선생님도 나란히 앉아 오후의 햇살을 받으며 사이좋게 광합성을 하고 있는 것처럼 느껴졌다.

"1학년이니? 어디가 아파서 왔어?"

가만히 서서 양호실을 살펴보던 윤아는 다시 본분으로 돌아왔다.

"아, 안녕하세요. 1학년 3반 고윤아입니다. 체육시간에 발이 걸려서 넘어졌는데 살짝 부은 것 같아서요."

"그래? 잠깐 여기 커튼 뒤에 있는 침대에 앉아볼래?"

문 옆에 있던 커튼을 살짝 걷자 침대 두 개가 보였다. 왼쪽 침대엔 누군가 이불을 덮고 누워있었다. 윤아는 오른쪽 침대 끝에 살짝 걸 터 앉았다. 양호선생님은 윤아의 발목을 보더니 지그시 눌렀다.

"어때? 아파?"

"음…엄청 아픈 건 아닌데 그냥…좀 띵해요."

진지한 얼굴로 윤아가 증상을 설명하자 양호 선생님이 웃으며 되물었다.

"띵~해?"

그러더니 윤아의 발목에 스프레이 약을 뿌렸다.

"살짝 부었네. 내가 볼 땐 근육이 잠깐 놀란 것 같아. 심한 건 아닌데 체육시간은 한 텀 쉬어야 할 것 같은데?"

"네?"

"1학년 3반이라고 했지? 괜찮으면 잠깐 누워 있다가 종 치면 들어가~"

그러고는 아주 작은 목소리로 한마디 덧붙였다.

"옆에 영주 깨워서 같이."

"아~ 네!"

싱긋 웃으며 윤아도 작은 소리로 답했다. 양호선생님은 커튼을 닫고 다시 자리로 돌아갔다. 윤아는 조심스럽게 침대에 누웠다. 매트리스는 푹신했고 이불은 구름처럼 부드럽고 가벼웠다. 이불을 움직일 때마다 퍼지는 은은한 섬유 유연제 냄새에 기분이 좋았다.

'그러니까, 지금 옆에 누워있는 게 신영주라는 말이지…'

그러고는 그대로 언제 잠들었는지 기억이 나지 않을 만큼 윤아는 빠르게 잠에 들었다. 눈을 떠보니 어느새 영주가 윤아를 깨우고 있었다.

"윤아야, 우리 이제 가야 돼~"
영주는 언니 같은 말투로 잠이 덜 깬 윤아를 살살 다뤘다.

"어? 어… 가야지."

윤아는 잠시 다른 차원에 다녀온 것처럼 몽롱

했지만 자신을 깨우는 영주를 보고 다시 정신을 차렸다. 바닥에 벗어두었던 슬리퍼를 다시 신고 일어서려는 순간, 다쳤던 오른쪽 발목이 얼얼했다.

"으…"

"괜찮아?"

"응. 괜찮아. 아무 생각 없이 다친 거 까먹었다."

양호실 밖으로 나와 복도 시계를 보니 점심시간이었다. 오히려 잘 됐다고 생각하며 영주와 윤아는 천천히 급식실이 있는 별관 쪽으로 걸어갔다.

"…근데 너 어디 아파…?"

영주의 눈치를 보며 윤아가 조심스럽게 물었다.

"나? 아니 안 아픈데?"

영주의 태연한 대답에 윤아가 의아한 얼굴로

되물었다.

"안 아파? 근데 왜 이렇게 자주 양호실에 가는 거야?"

"아… 자려고."

영주가 느리게 대답했다.

"뭐?"

"양호실에 가면 잠이 잘 와."

잠을 자기 위해 양호실에 간다는 영주의 말에 윤아는 황당했다. 영주는 그런 윤아에게 자신의 이야기를 들려주었다.

"나 사실 잠을 잘 못 자거든. 근데 희한하게 양호실에만 가면 잠이 잘 와. 전에 한번 우연히 너처럼 다쳐서 양호실에 갔다가 잠들었는데 그날 이후로 밤마다 양호실이 생각나는 거야."

"…그래서?"

"그래서 다음날 학교 와서 1교시에 바로 양호실에 갔어. 선생님한테 솔직하게 말했어. 좀 자고

싶다고. 그랬더니 선생님이 앞으로 자고 싶으면
오래!"

명쾌한 해답을 찾은 것처럼 산뜻한 표정의 영
주를 보며 윤아는 속았다는 기분을 지울 수 없었
다. 마치 양호선생님과 영주가 둘이 짜고 윤아를
속인 것만 같은 기분이 들었다. 근데 화가 나지는
않았다. 오히려 마음이 편했다. 영주가 진짜 어디
가 아픈 것보다야 훨씬 다행이라는 생각이 들었
다. 갑자기 영주의 비밀을 알게 된 것 같아 이상
한 책임감마저 들었다.

"헐.. 난 또 네가 어디 아픈 줄 알았네."
"왜? 나 걱정했어?"
윤아의 말투에서 걱정과 안도가 동시에 느껴
졌다. 영주는 기분이 좋았다.
"그냥 뭔가 얘기해 보고 싶었는데. 맨날 네가
없더라고. 투명 망토 쓴 줄."

"뭐???"

투명 망토라는 단어에 영주가 빵 터졌다.

"근데 무슨 말인지 알 것 같아. 진짜 잠 잘 오더라. 난 내가 잠든 줄도 몰랐어."

방금 잠에서 깬 얼굴로 윤아가 영주에게 말했다. 영주 역시 푹 잔 얼굴로 대답했다.

"그치? 내 전용 불면증 치료제야… 양호선생님도 뭔가 asmr 해주신다니까?"

"에? asmr?"

윤아가 못 믿겠다는 얼굴로 영주를 쳐다봤다.

"침대에 누워서 잠들기 전에 가만히 있으면 멀리서 종이 넘기는 소리, 화분에 물주는 소리 이런 거 들려… 완전 asmr 같아."

영주는 금방이라도 다시 잠에 빠질 것 같이 나른한 표정으로 윤아에게 말했다. 자칫 깜빡 윤아도 다시 졸음이 쏟아질 뻔했지만 번뜩 정신을 차리고 박수를 한번 크게 쳤다. 짝!

"야 정신 차려! 안돼! 잠은 밤에 자고, 이제 양호실 그만 가."

단호한 윤아의 표정에, 영주는 대번 고개를 끄덕였다.

그로부터 1주일 뒤 수학여행 날, 윤아의 버스 옆자리엔 영주가 앉았다. 두 사람은 모두가 시끄럽게 떠드는 버스 안에서 나란히 이어폰을 나눠 끼고 잠에 들었다. 이어폰이 연결된 윤아의 핸드폰에서는 양호선생님이 손수 녹음해 주신 양호실 asmr이 흘러나오고 있었다.

점점

대학시절 유미는 남몰래 배우의 꿈을 품었다. 전공 수업을 마친 동기들이 도서관에서 인문을 넓히고 대외활동을 하며 발을 넓힐 때, 유미는 홀로 영화관과 극장을 다니며 배우의 꿈의 크기를 키워갔다. 스크린과 무대 위에서 배우들이 대사를 뱉을 때면 유미는 숨죽여 집중했다. 그들의 대사가 자신의 목소리가 되어 흘러나오는 상상을 하고는 했다. 그런 유미에게도 드디어 오디션의 기회가 생겼다. 단막극에 나오는 단역 오디션이었는데 음식이 맛이 없다며 잔뜩 신경질을 부려야 하는 진상 손님 역할이었다. 맛이 없어도 불만은커녕 꼭 "잘먹었습니다"라고 인사를 하고 나오는 편이었던 유미는 첫 오디션부터 애를 먹었다. 애정과 열정만으로 연기에 발을 들이기란 쉽지 않은 일이었다.

드라마 담당 PD는 증명사진을 프로필 사진으로 제출한 비전공자 유미의 깡을 기대했으나 그저

무지에 비롯된 순수한 열정이었다는 걸 깨달았는지 다소 힘이 빠진 목소리로 말했다.

"유미 씨? …배우가 하고 싶은 거죠?"

단순하지만 많은 걸 내포한 질문이었다. 그러나 유미는 쉽게 답하지 못했다. 배우를 꿈꿨지만 하고 싶은 것인지 아니면 그저 꿈인지 아직 체감하기 어려웠다.

"이제 막 처음 오디션을 보기 시작하는 것 같아서 말씀드리자면… 단순히 해볼까 하는 마음으로는 안돼요. 유미 씨가 갖고 있는 성향과 성격과는 다른 역할을 해야 하는 순간들이 오거든요. 그래서 언제든 배우들은 변신할 준비를 하고 있어야 해요."

그의 얼굴은 염려와 격려 그 사이 어딘가에서 헤매는 표정이었다. 유미가 자신의 말을 알아듣고 있는 건지 살펴보던 그는 다급하게 한마디를 덧붙였다.

"유미 씨 아내 유혹 알죠? 그 민소희처럼 언제든 점을 찍을 준비가 되어있어야 한다고요!"

생애 첫 오디션이 끝나고 유미에게 남은 것은 '점'이었다. 언제든 새로운 배역에 따라 변할 수 있는 능력을 갖춰야 한다는 의미로 했던 말이 어째서 유미에게는 점을 찍을 준비로만 해석이 되었는지 그녀는 그 후로 몇 안 되는 오디션을 볼 때마다 얼굴에 점을 찍었다. 점을 찍으면 이유미가 민유미가 되기라도 할 줄 알았는데 그게 아니었는지 왼쪽 뺨과 콧볼, 눈 아래, 입술 옆까지 한 번씩 점을 찍어보고 난 후로는 더 이상 오디션 때문에 점을 찍을 일은 생기지 않았다.

그렇지만 여전히 점을 찍으며 하루를 시작했다. 이제는 배우가 되고 싶다는 마음은 희미해졌지만 그녀의 왼쪽 뺨 위의 점만큼은 변함없이 또렷히 존재한다는 사실이 그녀에게는 위로가 되었다. 마치 찬란했던 그 시절에 대한 반증처럼 여겨졌다. 유미는 화장을 못하고 출근하는 한은 있다 하더라도 점만큼은 꼭 사수했다.

평소와 같이 출근하는 날 아침, 유미는 화장을 하다 말고 깜짝 놀랐다. 화장대 위에 올려둔 아이라이너가 감쪽같이 사라진 것이다. 얇은 굵기에 검 붉은색이라 점을 그릴 때마다 사용하던 것이었다. 더 찾다간 늦을 수도 있으니 유미는 우선 회사로 출발했다. 사무실 책상 서랍 안에 여분으로 넣어둔 아이라이너로 그리면 되겠다고 생각하며 귀에 꽂았던 머리카락을 꺼내 점이 사라진 왼쪽 뺨을 가렸다. 사무실에 도착한 유미는 급하게 서랍을 열였다. 다행히 아이라이너가 그대로 있었다. 유미가 그제야 안도의 한숨을 내뱉었다. 금방 도착한 지훈이 옆자리에 앉으며 인사를 건넸다.

"안녕하세요. 유미 대리님!"

"안녕, 지훈 씨."

어색하게 인사를 받고 유미는 아이라이너를 주머니에 챙겨 급히 화장실로 향했다. 집이 아닌 곳에서 점을 찍는 게 처음이라 그런지 묘하게 위치가 달라졌다. 물을 묻힌 휴지로 톡톡 가볍게 문질러 지우고 다시 찍었더니 이번엔 컸다. 그렇게 몇 번 반복한 끝에 겨우 비슷한 위치에 점을 다시 되찾을 수 있게 되었다. 다만 몇 번의 시도로 인해 유미의 왼쪽 뺨이 오늘따라 멍에 든 것처럼 검뿌옇게 되었다. 혼자 고군분투하던 유미의 걱정과는 달리 사람들은 유미의 왼쪽 뺨에 대해 별로 신경 쓰지 않는듯했다. 다행이라고 생각했지만 어쩐지 괜히 혼자 머쓱해진 유미였다. 이날 이후 그녀는 평소 쓰던 아이라이너를 넉넉히 구비해두었다.

평소보다 편한 차림의 직원들이 하나 둘 관광

버스 앞에 도착하기 시작했다. 유미가 입사한 후 두 번째 워크숍이었다. 이번에도 작년과 동일하게 워크숍 장소는 강원도였다. 물회와 멍게비빔밥으로 간단히 점심을 먹고 숙소에 도착했다. 숙소는 시원하게 탁 트인 바다 뷰가 매력적인 펜션이었다. 짐을 풀고 잠깐의 휴식시간이 주어졌다. 유미는 잠시 누워있다가 다 같이 모이기 직전 화장실에 들러 얼굴을 확인했다. 점이 그대로 있는 것을 확인한 후에야 밖으로 나갔다. 휴식시간이 끝나고 본격적인 워크숍 체육대회가 시작되었다. 작년과 마찬가지로 유미는 진행팀으로 빠졌다. 야외활동이나 액티비티에 대한 흥미가 없기도 했지만 혹시나 얼굴이 땀으로 얼룩질까 조심하기 위한 선택이었다.

체육대회가 끝난 후 유미는 아이스박스에서 수박을 꺼내 먹기 좋게 잘랐다. 같은 진행팀인 지훈도 옆에서 거들었다. 자른 수박을 쟁반에 옮겨

담아 그늘에 앉아 쉬고 있는 직원들에게 나누어
주고 나서야 유미도 수박을 한입 베어 물었다.

"진짜 다네요."

언제 그렇게 땀을 뻘뻘 흘렸는지 지훈이 땀에
젖은 얼굴로 수박을 열심히 먹으며 말했다.

"지훈 씨 그렇게 더워요?"

"제가 좀 더위를 잘 타서요. 근데 유미 대리님
은 어떻게 그대로세요?"

유미는 마치 다른 계절에 있는 것처럼 보송했
다. 지훈은 신기하다는 듯이 유미의 얼굴을 빤히
쳐다봤다. 유미는 부담스러운지 얼굴을 살짝 뒤로
빼며 말했다.

"내가 더위를 잘 안 타기도 하고, 햇빛 밖으로
잘 안… "

"점.."

유심히 유미의 얼굴을 보고 있던 지훈은 유미
의 말을 끝까지 듣지 않고 갑자기 끼어들었다.

"네?"

점이라는 말에 유미는 황급히 고개를 돌렸다.

'점이 왜? 점이 지워졌나? 아니면 번졌나?'

유미는 혼자 속에서 야단이 났다.

"점점… 내려가요."

이번에는 정훈이 손가락으로 유미의 점을 가리키며 말했다.

"유미 대리님 점 말이에요. 처음에는 분명 조금 더 위에 있었단 말이에요? 근데 조금씩 움직여요."

지훈의 말에 유미의 얼굴이 달아올랐다. 이런 적은 처음이었다. 누군가 자신의 점을 알아챈 적은 단 한 번도 없었는데, 지훈의 갑작스러운 발견에 유미는 크게 당황했다.

"아, 아닌가… 죄송해요."

지훈이 잔뜩 쏠려있던 몸을 뒤로 빼며 유미에

게 사과했다.

"…어떻게 알았어요?"

더 이상 숨길 마음도 사라진 유미는 도대체 어떻게, 언제부터 알게 된 건지 궁금했다.

"제가 대리님 옆자리니까, 항상 왼쪽 얼굴에 난 점이 잘 보였거든요. 아닐 수도 있지만 미세하게 조금씩 위치가 바뀌는 것 같아서요."

정교하게 찍는다고 찍었는데 그게 아니었다는 사실이 왠지 유미를 부끄럽게 했다.

"…이상하죠?"

"아뇨. 그럴 수도 있죠. 저도 예전에 눈 옆에 점이 있었으면 좋겠다 생각해 본 적 있거든요. 근데 저는 안 어울리더라고요."

유미의 표정을 슬쩍 올려다보더니 지훈이 쟁반 위의 수박에서 씨를 찾아냈다.

"보세요. 진짜 안 어울리죠?"

도톰한 수박씨가 지훈의 눈 옆에 아슬하게 붙어

있었다. 유미의 눈에 그 모습이 엉성하기도 하고 귀여워 보이기도 했다. 유미가 피식 웃자 지훈이 넉살 좋은 말투로 말했다.

"유미 대리님은 잘 어울리세요."

말을 마친 지훈이 쟁반을 들고 일어섰다. 사람들이 모여있는 곳으로 조금 걸어가는 듯하더니 다시 뒤돌아 유미를 향해 말했다.

"근데 원래 유미 대리님의 얼굴도 궁금하긴 해요."

그늘에 앉아있던 직원들이 하나 둘 일어나 그대로 바다로 뛰어들었다. 체육대회의 엔딩은 작년과 동일하게 바다에서 즐기는 물놀이였다. 작년과 다른 점이 하나 있다면 이번엔 유미도 함께 물속에 들어와있다는 것. 젖은 머리카락을 좌우로 흔들며 함박웃음을 짓는 유미의 얼굴 위로 물방울이 튀었다. 티끌 하나 없는 유미의 왼쪽 뺨이 윤슬에 비쳐 반짝 빛나고 있었다.

그녀의 여름방학

어젯밤에 문을 살짝 열어두고 잠든 탓인지 창문 너머로 잔잔하면서도 부산스러운 아침의 소리가 들려왔다. 새들의 아침 인사, 어디론가 바삐 걷는 사람들의 발걸음 소리, 자동차 시동 소리를 들으며 미영은 이불 속에서 두 발을 쭈욱 뻗었다. 다시 하루가 시작되었다는 막연함과 그대로 누워있고 싶은 피로감을 동시에 느꼈다. 미영은 몸을 감싸고 있던 이불을 용기 있게 밀어내고 벌떡 일어났다. 화장실로 가서 대충 양치를 하고 아무렇게나 벗어둔 옷을 주워 입고 밖으로 나왔다.

어느 소설의 제목처럼 바깥은 온통 여름이었다. 바람 한 점 느껴지지 않는 꽉 막힌 더위가 미영을 압도했다. 미영은 여름을 좋아하지 않았다. 여름방학이 있다는 것만이 미영이 유일하게 여름을 견디는 이유였다. 여름방학이 되면 동기들은 해외로, 국내 여행지로 여행을 떠났고 그동안 하지 못했던 취미활동을 다시 시작하거나 새로운 것들을 배우고 도전하며 각각의 모습으로 여름을 났지만 미영에게 그런 것들은 사치였다. 숨 막히는 여름의 무더위만큼이나 숨 막히는 현실의 무게가 그녀의 발목을 붙잡았다. 여행을 떠날 돈이 있다면 그보다 싱싱한 여름 과일을 사서 냉장고에 넣어두는 편이 그녀에겐 분수에 맞는 사치였다. 그마저도 쉽지 않아 그녀의 냉장고에서 과일의 향기는 사라진지 오래였다.

홀로 서울에 올라와 스스로를 부양해야 했던 미영에게 여름방학이란 다음 학비를 벌 수 있는 여유시간에 불과했다. 건물 유리창으로 목이 늘어난 연두색 티셔츠 차림의 미영이 비쳐 보였다. 어제도 같은 차림으로 출근했던 것 같은데 괜찮을까 싶었지만 아무래도 상관없을 것 같았다.전에 일했던 학원에서는 미영의 옷차림에 대해 참견이 많았다. 단순 채점 아르바이트와 문제지 출

력 업무였지만 오고 가는 눈이 많다는 이유로 미
영이 깔끔한 옷을 입고 와주길 바랐다. 그 후로
티셔츠를 입으려다가도 단추가 있는 셔츠로 바꿔
입고 나갔지만 얼마 안 가 학원이 확장 이전을 하
게 되면서 미영의 알바는 끝이 났다. 급한 대로
구한 것이 동네에 있는 작은 수영장이었다. 이런
곳에 수영장이 있었나 싶을 만큼 미영에겐 생소했
지만 동네에서는 제법 인기가 좋은 편인지 수영장
에는 아침부터 강습을 온 사람들로 복작복작했
다. 월 수 금 오전 8시 반에서 오후 4시 반까지 8
시간 근무에 최저시급이라 주 6일 풀 근무로 채워
일했던 학원보다는 벌이가 적었다. 그 부분이 망
설여졌지만 여름방학 기간이라 그런지 아르바이
트를 구하기가 어려웠다. 공백이 길어지는 것보다
적은 돈이라도 우선 버는 쪽이 낫겠다 싶어 수영
장으로 출근하게 되었다. 무엇보다 수영장에서는
미영이 무슨 옷을 입고 오든 아무도 신경 쓰지 않

았다.

수영장은 미영의 집에서 여유 있게 걸어도 10분이 채 안 걸렸다. 바쁘게 지하철역 방향으로 뛰어가는 사람들 사이를 걸으며 출퇴근 교통비가 들지 않아 다행이라고 생각했다. 수영장에 도착하니 9시 강습을 위해 도착한 회원들이 벌써 길게 줄을 늘어트리고 서있었다. 며칠이 지났는데도 아직 적응이 되지 않았다. 이른 시간부터 수영을 하기 위해서 이렇게 많은 사람들이 수영 가방을 들고 기다리고 있다는 게 미영으로서는 생경했다. 그녀에게 수영장은 어렸을 적 사진 속에 존재하는 기억만큼이나 희미했다. 수영장 유리문을 열고 들어서자 먼저 출근한 화정이 미영을 맞아주었다.

처음 수영장에 왔을 때 미영에게 업무 인수인계와 몇 가지 주의사항을 알려주었던 화정은 수영장에서 일한 지 벌써 1년이 다 되어간다고 했다.

이곳은 여성전용 수영장으로 전부 여자들뿐이다. 수영장 탈의실도 샤워실도 여성전용 하나씩만 있어서 관리가 어렵지 않았다. 다만 함께 일하는 사람들과의 호칭이 조금 애매했다. 모두 미영의 엄마 또래 혹은 그 이상의 나이대다 보니 어떻게 불러야 할지 고민이 되었는데 그 고민을 한 번에 정리해 준 게 바로 화정이었다.

"화정 씨라고 불러~"

푸근한 인상의 화정이 기분 좋게 웃으며 말했다.

"네? 화정 씨요?"

예상치 못한 호칭에 미영이 당황했다.

"어머 얘 당황했나 봐!"

그런 미영이 귀엽다는 듯이 화정이 반응했다.

"아니야. 농담! 우리 아들 또래 같은데.. 이모 어때? 화정 이모."

"아.. 네. 그럼 화정 이모라고 부를게요."

화정 씨보다는 화정 이모가 훨씬 친근하고 편
했다.

"그럼 나는 미영이라고 불러도 될까~?"

"네 그럼요."

그렇게 미영에게는 새로운 이모들이 생겼다.
수영장의 첫 강습 시간은 오전 6시다. 화정은 수
영장 오픈을 담당하는 직원으로 오전 5시 20분에
출근해서 가장 먼저 문을 열고, 수영장과 샤워실
의 컨디션을 확인한다. 청소는 보통 전날에 미리
해두고 퇴근하기 때문에 아침에는 청소보다는 주
로 환기를 시키는 편이다. 8시 반에 출근하는 미
영이 가장 먼저 하는 일은 데스크에 들어가 회원
카드를 찍는 기계를 다시 꺼내 놓고 오전 9시 강
습반을 맞이하는 일이다. 수영장과 샤워실에는
강습 선생님과 담당구역 이모들이 각자의 업무를

맡아서 일하고 있기 때문에 미영이 수영장에 갈
일은 좀처럼 없었다. 데스크 뒤편에 수영장 내부
가 보이는 커다란 통창이 있었기에 그 창 너머로
이곳이 수영장이라는 것을 실감하곤 했다.

8시 50분이 되자 칼같이 밖에 줄 서있던 9시
강습반 회원들이 문을 열고 밀려 들어오기 시작했
다. 회원카드를 기계에 갖다 대자 모니터 위로 회
원의 간단한 개인정보과 함께 사진이 떴다. 회원
카드를 만들 당시에 급하게 찍은 사진들이라 그런
지다들 준비되지 않은 듯한 얼굴들이었다. 서둘러
씻고 준비하기 위해 회원들은 카드를 찍고 빠르
게 지나갔지만 어느새 회원들이 얼굴이 미영의
눈에 익어가기 시작했다. 오전 6시 타임엔 수영을
하고 출근하는 직장인들이 많다고 들었는데 9시
타임에는 어르신들이 훨씬 많았다. 30-40대 주부
와 20대 젊은 여자들도 드문 드문 보였다. 회원들

이 전부 입장을 하고 나면 미영은 데스크에 앉아 수건을 갰다. 보통은 개인 수건을 챙겨 오는 회원들이 대부분이었지만 대여비를 내고 수영장 수건을 사용하는 회원들도 종종 있었다. 주로 수영이 끝나고 곧바로 회사로 출근하는 회원들은 대여 수건을 쓰고 수영가방은 사물함에 보관하곤 했다. 때때로 수건을 깜빡하고 두고 오는 회원들도 있었기 때문에 여분의 수건은 늘 준비해두어야 했다. 건조기에서 막 나온 따끈한 수건을 테이블 위에 올려놓고 미영은 유리창 너머 수영하는 사람들의 모습을 풍경 삼아 수건을 접었다. 이 시간이 미영에게는 마치 유일한 여름휴가의 한 장면처럼 느껴졌다. 그런 생각은 미영만이 아니었는지 함께 수건을 접고 있던 화정이 말했다.

"나는 이 시간이 제일 좋아. 왠지 바다에 놀러 온 것 같고."

"바다요?"

"응. 나는 가끔 이 수영장이 바다처럼 느껴질 때가 있다? 특히 이 수건을 접을 때."

화정의 말이 신기하다는 듯 미영이 물끄러미 바라봤다.

"건조기에서 막 나온 따듯한 수건이 꼭 햇살이 가득 내려앉은 비치타월처럼 느껴져. 그러면 막 마음이 설렌다니까?"

미영의 눈에 비친 화정의 얼굴은 소녀처럼 발그레했다. 화정은 미영의 엄마와 나이가 비슷해 보였지만 풍기는 에너지와 분위기는 전혀 달랐다. 평범한 아줌마 같은 모습 이면에는 사춘기 소녀가 들어가 있는 것처럼 맑고 건강해 보였다. 어쩌면 미영 자신보다도 더 젊고 싱그러운 사람일지도 모른다고 생각했다.

오후 1시 45분이 되자 화정은 테이블 아래에 있던 수영가방을 챙기기 시작했다. 얼마 뒤 퇴근과 동시에 데스크 앞 기계에 회원카드를 찍고 미영에게 방긋 웃어 보이고는 샤워실로 사라졌다. 모니터 속 화정의 얼굴은 지금과는 사뭇 다른 모습이었다. 어딘가 묘하게 그늘이 느껴졌다. 미영에게는 익숙한 그늘이었다. 모두가 화사하게 웃는 순간에도 한 겹 그늘이 덮인 것처럼 음영이 진 얼굴. 미영에게는 여전한 것이 화정에게는 사라지고 없었다.

2시 타임 회원 입장이 끝나자 미영은 로비 바닥을 마른 대걸레로 닦았다. 수영을 마치고 나온 회원들의 수영 가방과 머리카락에서 물이 떨어지기 때문에 수시로 닦아야 했다. 전에 한번 수영을 마치고 나온 어르신이 미끄러진 적이 있은 후로 더욱 유의했다. 로비 정리를 마친 미영은 데스크로 돌아와 유리창 너머로 화정을 찾았다. 초급 중급 고급 각 레인별로 20명 남짓한 회원들이 있었기 때문에 한눈에 찾기는 어려웠다. 가뜩이나 수영복에 수영 모자, 수경 차림의 화정을 찾기란 더 어려웠다. 약속이라도 한 듯 전부 어두운 수영복 차림의 초급반을 지나 조금씩 색을 찾은 것처럼 개성 있는 수영복이 하나 둘 보이는 중급반, 그리고 화려한 무늬의 수영복과 뛰어난 속도로 헤엄치는 고급반을 보며 저 어딘가에 화정이 수영을 하고 있다는 사실이 새삼 새롭게 느껴졌다. 그녀는 지금 바다에 있다고 느낄까.

화정이 중급반으로 올라온 지는 4개월이 되었다. 이제는 평영과 접영을 자유롭게 할 수 있게 되었지만 여전히 그녀는 자유형을 할 때가 가장 좋았다. 양팔을 번갈아 저으며 나아가는 그 느낌이 마치 자신이 '화정'이라는 배의 선장이 된 것처럼 느껴졌다. 나를 데리고 어디로 떠나는 기분, 그 자유함이 화정에게 해방감을 주었다. 물속에서 헤엄치고 있노라면 어디든 상상할 수 있었다. 어느 날에는 강릉의 바다가 되었고, 또 어느 날에는 한 번도 가본 적 없는 몰디브 해변이 되었다. 수영을 시작하지 않았다면 몰랐을 세계에 흠뻑 빠져 있는 지금 화정은 행복했다. 언젠가는 정말 몰디브 해변에서 수영을 하겠노라고 다짐했다. 여행을 끝낸 화정이 데스크에 들려 미영에게 인사했다.

"미영아 나 갈게, 우리 수요일에 보자!"

그녀의 말간 얼굴은 분명 바다에 다녀온 얼굴이었다.

몇 번의 시도 끝에 미영은 중급 레인에서 수영하고 있는 화정을 찾을 수 있었다. 연두색 체크무늬 수영복에 노란색 수영 모자 차림의 화정은 화사했다. 한번 찾고 나니 그다음부터는 화정의 움직임이 아주 잘 보였다. 화영이 물살을 가르며 힘차게 앞으로 나아갈 때마다 미영은 알 수 없는 쾌감을 느꼈다. 그녀의 팔이 수면 위로 한 번씩 들어 올려질 때마다 마치 자신에게 인사를 건네는 것처럼 반가웠다. 어느새 미영은 그녀의 자유형에 빠져들었다. 그 모습을 지켜보던 수영 강사 희진이 미영에게 가볍게 권유하듯 말했다.

"미영 씨도 수영하러 와요. 이렇게 보는 거랑은 차원이 달라요."

"아 저는.. 괜찮아요."

갑작스러운 희진의 권유에 미영은 습관적으로 대답했다.

"괜찮은 거 말고 좋은 거 해요."

"... 네?"

"한 발만 더 내디디면 좋은 게 있어요. 새로운 세계가 펼쳐질 거예요."

새로운 세계로의 초대장을 툭 던진 채 희진은 다음 강습을 위해 샤워실로 사라졌다. 괜찮은 거

말고 좋은 걸 하라는 그 말이 미영의 마음에 오래
머물렀다.

　　잠시 뒤 강습을 끝낸 회원들이 하나 둘 나오기
시작했다. 그들 틈에서 머리카락을 덜 말린 채로
걸어 나오는 화정이 보였다.

　　"미영아 우리 같이 수영하자!"

　　앞뒤 없이 대뜸 같이 수영하자는 그녀의 씩씩
한 말투에 미영은 잠시 멈칫했다. 수영 강사 희진
이 금세 화정에게 이야기를 한 모양이었다.
　　"아 저는.."
미영의 말이 다 끝나기도 전에 화정이 끼어들었
다.
　　"나도 그렇게 시작했어. 여기서 일하면서 창
너머로 수영하는 사람들을 매일같이 구경하다가
내가 그 속으로 들어간 거야!"

화정은 수영을 배우고 자신이 바뀌었다고 했다. 스스로에게 인색했던 그녀는 수영을 배우기 시작하면서 자신을 알아가는 중이라고 했다.

"'생즉필사 사즉필생'이라는 말 알아? 살고자 하면 죽고 죽고자 하면 산다는 뜻이야. 수영이 꼭 그래. 물속에서 살려고 힘을 주면 몸이 가라앉거든? 근데 에이 모르겠다 하고 힘을 쭉 빼면 몸이 떠. 그럼 그때부터 앞으로 나아갈 수 있어. 나는 그게 참 좋더라."

미영은 늘 살려고 했다. 최선을 다해. 그런데 그게 과연 나를 위한 최선이었을까. 등록금과 생활비를 위한 최선이었을까. 가끔 헷갈렸다. 그 때문인지 미영은 최선을 다해도 개운하지 않았다. 생각에 잠긴 듯 서있는 미영에게 화정이 마지막 말을 덧붙였다.

"잘 되길 바라면서 나는 늘 나한테 잘해주지

못했거든. 미영은 그러지 말라고."

　집으로 돌아가는 길, 미영은 산책로 입구 신호
등 앞에 세워진 과일 트럭 앞에 섰다. 매일같이 그
길을 오고 가며 곁눈질로 지나쳤지만 오늘만큼은
지나칠 수 없었다. 트럭 안에는 탐스럽게 익은 여
름 과일들이 쏟아질 듯 가득 담겨 있었다. 미영은
신중하게 과일을 골라 담았다. 제일 예쁘고 가장
좋아 보이는 걸로. 한가득 과일을 품에 안고 돌아
가는 길, 미영의 코 끝으로 향긋한 과일 냄새가 스
쳤다. 이번 여름, 나에게도 진짜 방학이 시작된 걸
까. 알 수 없는 기대가 그녀의 마음속에서 피어올
랐다.

소설의 엔딩은 그저 마지막 페이지일 뿐

책을 덮는 순간 새로운 이야기가 시작된다.

끝나지 않은 이 여름을 우리는 사랑하며 살아간다.

문장과장면들은 우리가 이야기하는 방식입니다.

우리는 세상에 작은 빛을 전하기 위해 책을 펴냅니다.

Sentence and scenes are the way we talk.

We publish books to give the world a little light,

wtih jesus.